KB046847

청어詩人選 404

이제야

김현실 시집

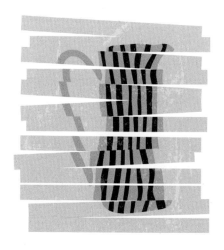

청어

이제야

김현실 지음

발행처   도서출판 **청어**
발행인   이영철
영업   이동호
홍보   천성래
기획   남기환
편집   방세화
디자인   이수빈 | 김영은
제작이사 공병한
인쇄   두리터

등록   1999년 5월 3일
         (제321-3210000251001999000063호)

1판 1쇄 발행 2023년 9월 20일

주소   서울특별시 서초구 남부순환로 364길 8-15 동일빌딩 2층
대표전화 02-586-0477
팩시밀리 0303-0942-0478
홈페이지 www.chungeobook.com
E-mail   ppi20@hanmail.net

ISBN   979-11-6855-183-1 (03810)

본 시집의 구성 및 맞춤법, 띄어쓰기는 작가의 의도에 따랐습니다.

시인의 말

오래 담아왔던 말들을 더디고 더딘 걸음으로 간신히 모아 이제야 또 한 권으로 엮었다.

그러나 시집이 몇 권인들 뭐 그리 중요하랴? 정말 삶의 진수란 언어로는 표현할 수 없는 무엇일진대 나이 들면서 이 중언부언의 글자들에서 점차 해방되어 가는 게 진짜 시인의 모습 아닐까?

쓸수록 진심을 드러내는 일이 어렵고 적확한 시어에 닿는 일이 참으로 지난한 것만 같아 여전히 진짜 시인이 되기에는 멀었다는 생각이 든다.

하지만 그렇기에 난 여전히 길 위에서 다시 길을 찾아 나선다.

가슴에 가득한 말들 제대로 다 풀어놓고 마침내 침묵에 도달하게 될 길을.

차례

2부   공간의 발견

3부 일상의 얼굴

4부   관계의 틈새

1부

시간의 말

이제야

다 넘어설 줄 알았다
흔들림 없이 무심히
그저 웃을 수 있을 줄
평생 걷던 일상에 익숙해 있을 줄
무서운 건 자신밖에 없을 줄
알았다
나이 들면

어설픈 부엌과
더 어설픈 책상 사이
엉거주춤 비틀댄 채
사방의 눈치 보며
시간만 노려보다가

저절로 이루어지는 건 아무것도 없다는 걸
넘어지면 여전히 일어나 다시 걸어야 한다는 걸

다시,
새해

새 화장대 앞에서

가는지 오는지 모르던 새해에
있는 줄도 몰랐던
낡고 허름한 장 밀치고
불쑥 들어온
새 화장대
갑자기 받아든 커다란 선물

가구도 생명인 것을
벽지인 듯 잊고 살다
화들짝 놀라 보니

새 거울 속에
잊었던 여자
다시 웃고 있다

낡은 해도 저만치
가버렸다

1월의 끝에서

해마다 송구영신
새 신화를 꿈꾸지만
빛은 조금씩 사라지고
반짝이던 약속 희미해져
1월도 늙어간다

신화도 꿈도
찬바람 눈발 너머
슬그머니 날아가

여기 벌써
누렇게 바래가는 시간

숨어있는 계절

노란 햇살에 안개 앉듯
앞다퉈 입성하는 촘촘한 먼지
여분의 날짜도 없이 네 줄로 들어찬 달력

눈은 구경도 못했는데 계절은 가고
벌판엔 오래 숨어있던 빛
마른 나무 스러진 풀 헤치고
보이지 않는 숨결 불어
간질거리는 바람 사이로
살짝
웃음 흘리는

2월!

삼월의 표정

쉬이 놔주지 않는 바람 등쌀에
어수선한 출발점
맘 잡지 못한 겨울나무 그러안고
시작종은 쳤는데
선생님 기다리는 학생처럼
봄볕 그리며
삼월은 그렇게 간다

바람도 힘을 잃어
제아무리 몰아쳐도
물오른 나무들 끄떡 않고
삼월이 떠나던 날

코끝 간질이는 먼지들의 행진
뚫고 기어이 고개 내미는

눈부신
빛의 얼굴들

봄맞이 의식(儀式)

아직
꽃도 없고 나무도 비어
메마른 천변 사이
아스라이 물오르는 버들가지
여윈 풀잎에
소근소근 내려앉는
봄볕

외투 하나 벗어들고
환하게 봄 단장한 마네킹 앞
연분홍 자켓으로
강림한 플로라 여신께
지갑을 연다

봄을 맞는
나의 제의(祭儀)

탄천에서

도심 한가운데
자동차 굉음 아래
간신히 남겨진 천변,
계절은 거기
먼저 찾아온다

겨우내 보이지도 않던
잡초더미에 푸른 싹
하얀 별꽃 점점이 내려앉고
쓰레기처럼 버석이던
누런 잡목 어느새 푸른 숲

뿌연 먼지 콜록대며
병든 시선 마주하다가

문득
개울 귀퉁이에서
화사한
자연을 듣는다

꽃샘추위

봄은 거저 오지 않는 법

순하게 흐르는 햇빛 따라
연둣빛 물오르던 버드나무
놀라 쓰러질 듯 몰아치는 바람
눈보라까지 휘젓는
이 시샘 견디지 않고는
꽃망울 문턱도 넘지 못하리

다만 며칠
외투 깃 파고드는 매운 맛에
잊었던 통증 살아나
아하, 짜릿한
생명의 감각

꽃이 오고 있다

고단한 봄

벚꽃이 비처럼 흩날리고
붉은 복사꽃 아래
지천으로 널린
하얀 조팝

가버린 젊음처럼
또 놓치지 않을세라
눈에 불을 켜고 매일
찾아나서는 봄, 꽃,

노는 것도 일이 되자
봄은 조금씩 멀어지고
꽃은 흐릿해져
늙고 피곤한 몸 그러안고
밤마다 묻노니

몸인가 맘인가

개나리의 수치

언제나 자신의 노랑으로
봄이 열린다 자부했는데
이젠 고개 들 수 없네

차례차례 따라와 주던 진달래 벚꽃
목련에 살구 앵두꽃까지 저마다
기다리지 않고
다투어 피워 올리는
난장판 봄마당

시도 때도 모르는 것들!
노랗던 얼굴
금세 파랗게 질려

자연도 믿을 수 없는 이런 세상!
만고진리 있기나 할까

나만의 시제

아직 골동품처럼 남아 있는
시제를 위해
사월이면 남도로 간다

그 많던 어른들
다 사라지고
이제 겨우 몇 명만 머리 숙여
고사리밭 되어버린 무덤 앞에서
새삼 슬플 것도 그리움도 없이
일 년에 딱 한번 그렇게
의무를 완수한다

그래도 해마다 먼 길 달려
나를 부르는 건
무덤 아래
내 안의 목마름 적셔주는
넉넉한 영산강,
드넓은 벌판

가슴에 가득 담아
또 한 봄을 넘는다

계절의 잔치

숲속엔
아카시아 찔레꽃 하얀 향기
오월을 흩뿌리며 날아다닌다

송충이 자벌레 어린 사마귀마저
여리디 여린 작은 몸으로
난생 처음 햇빛 그물 타고
걸음마 시작하는데

아직 연두를 잃지 않은
나뭇잎 사이로
부신 햇살 안고
숨길 고르는 걸음 따라

다시 예뻐지고 순해지는
마음

안산, 자락길

팥배나무 귀룽나무
온 산이 하얗다
자락길 양옆엔
햇빛에 눈부신 황매화
바람결 향기에 취해
계절을 덧칠하니

어쩔거나
색색의 물감 이름 뒤져도
그렇고 그런 낡은 언어
언어로는 가지 못할
저 너머에 여전히
숨 쉬고 튀어오르는 생생한 것들

가라,
시든 언어여!

위험한 시간

비를 품은 진득한 습기가
집 안을 휘젓고
반찬 만들고 있는 싱크대 위에
어느새 떨어지는 땀방울
웅웅거리는 거실 TV 앞엔
가족이라는 이름의 타인
우울의 옆모습만 비추고
슬쩍 비켜가는 또 다른 타인의
침묵

눅눅히 젖어,
좀처럼 수면 위로 올라오지 않는
물고기처럼
물속 어딘가로 숨고 싶은

불안한 시간의 늪
여름 장마

폭염, 그리고 폭우

하아 겨우 숨만 허덕이던
열사의 시간 거쳐
이제 살아남았노라고
감히 말하던 날

쏟아지는
빗소리 반길 틈도 없이
번쩍이는 번개와 포성 아래
다시 도시는 요란한 전쟁터

그래도
살아남으리라
조금 과격해진 자연의 공격도
고장난 시계처럼 느리게
기어가는 태양의 걸음도

다 지나가리라

부서진 여름

탄천 산책로 주변
무슨 공사라는 쪽지
휘날리는 저편으로
싹둑 잘려나간 나무들 사이
풀숲은 민머리처럼 휑하니 벗겨지고
숲 사이 출몰하던 고라닌 흔적도 없네

그래도
일그러지고 부서진 데크 사이
푸른 생명 고개 내밀고
오랜 가뭄에 시든 잡초 사이로
하얀 개망초 톱풀
여전히 수런대며

여름이 간신히 숨을 쉬네

늙은 나무의 꿈

가을이 와도 열매 맺지 못하는 늙은 나무에게
여름을 건너는 건 잔인한 일
땀 흘리는 노동과 습기 찬 시간들
뜨거운 태양과 폭우마저
열매를 위한 시련이라
찬양했던 건
젊음의 시선

오랜 시간 층층이 쌓여
옹이진 마디마다
소리 없는 통증
깊숙이 휘어지는 허리에
장맛비 쏟아내리고
매운 뙤약볕 내릴 때
이겨내고 키워낼 열매 없으니
그저 참고 견디는 건
고통일 뿐

그래도 수확 없는
가을을 기다림은
스르르 말라가는 몸피 안고
뜨겁지도 습하지도 않은 서늘함 속에
더 이상 화덕에 얹은 빈 가마솥처럼
고문받는 몸통 벗어던질 날
곧
오리라는
꿈

맛으로 오는 계절

얼음도 마다않고 벌컥이던 냉수
가버린 입맛 돋우던
시원한 열무김치
어느새
뜨거운 차 한 잔과
배추김치로 돌아서 버렸다

수박은 기억 밖으로 사라지고
냉면과 콩국수는
우동에 자리 내주고
비빔밥 대신
뜨거운 우거지국 곰국에
밥 말아 먹는 기쁨

서늘해진 바람에
창문 닫고 따순 이불
꺼내드는 마음보다
푸른 잎 버티면서 가만히 말라가는
나무보다
가장 먼저 계절을
알려주는 건

입맛

가을 빗소리

잠을 부르다 지친
자리에 누워 휴대폰 속
다른 세상을 읽는다

소란한 말들 뒤엉켜
잠은 더 멀리 달아나고
깜빡이는 푸른 불빛
내 영혼 거둬 사라질 즈음
돌연 가슴 두드리며
들어오는 창밖의 소리

웅성이던 말과 불빛
서늘히 쓸어가 버리는
빗소리

다시 조금씩
넓어지는
침묵의 뜰

10월이…

풍성한 머리 단단한 어깨
날쌘 다리로 달리던
젊은이 뒤에
휘청대며 쓰러질 듯
말라가는 시간이
노랗고 붉은 가면을 쓴 채
다가온다

아찔한
추월의 순간

결심이 흘러가는 곳

새해 아침 신화의 시간
결심은 비장해진 언어로
부풀어 오르고

봄볕에 솟아오른 새싹처럼
생생하던 결기
조금씩 풀어지면
헤픈 웃음 속에
비틀대는 걸음

늘어진 여름날 오후,
새해 첫날 새색시 같던 언어
희미해진 옛사랑처럼
스러져 가다
선뜻 찬바람에 놀라
돌아보면
흔적만 남은 비인 뜰

결심은 늘
사라지기 위해
존재하나보다

2부

공간의 발견

시간의 사치를 누리다
-뉴질랜드 남섬에서

광활한 습지 한가운데
태초의 숨결 그러안고
망망한 적요 속에 앉으니
생각은 날아가고
하늘과 바람만이 나를 들여다 본다

원시의 공간 속에
삶은 잠깐 멈춤
낯선 아침과 저녁이 춤을 추고
갑자기 길어진 한낮의 풍요
찬란한 햇빛으로
내 끌고 온 시간을
하얗게 말린다

텅 비어 빛나는
시간이 멈춘 뜰

첫 유럽 여행 일지

찬란한 햇볕을 폭염이라 말하는 곳
조금 활발한 거리를 번화가라 부르는 곳
사과나무 가로수 길과
높은 산길을 들판처럼 걷는 곳
끝 모를 아득한 대양을 호수라 부르는 곳
눈부신 대낮이 산소처럼 내려앉는 곳
여유가 일상인 곳

다만 다른 곳일 뿐인데
우린 너무 다른 인류였다

뮌헨에서

한낮의 마리엔 광장
숲과 숲 사이 내려앉은 도시에
태양은 대낮을 축포처럼 터뜨려
프라우엔 성당과 시청 사이
여름이 흐른다

레지덴츠 넓은 궁전 옛날을 그러안고
맥주와 자동차 너머 올림픽 공원에서
그 푸름을 건너면
슈바빙 걸음마다 젊음이 빛나고
오페라와 콘서트가 저녁을
울리는 곳

마침내
옛날과 근대와 지금을 품고 있는
피나코텍 미술관에서
길을 잃고야 마는

여기,
뮌헨

백야의 일몰
-아이슬란드에서

하얀 한밤의 시간
붉게 물든 하늘과 바다 중간에
검은 키르큐펠 산 우뚝
솟아 우린 한없이 작아지고
영원한 침묵으로 빨려든다

머뭇거리던 소실점 끝
붉은 태양 바닷속으로
가라앉는 순간
다시 시간은 돌고
술잔 너머 어둠이 오려나
기다려도
빛은 새벽을 건너
금세 하얀 아침을 품고 온다

알 수 없는 지구의 끝
몸은 밤을 헤매는데
바깥은 말간 얼굴로
나를 깨운다

아이슬란드 해벽 앞에서

절벽은 늘 올려다 보는 줄만
아니 올라야만 절벽에
설 수 있는 줄
알았다

햇빛 가득 안고
들꽃 만발한 너른 들판 가로질러
귀향의 노래 부르며 걸어가는,
막 집이 기다리고 있을 듯한 벌판 끝
갑자기 아래로 깎아지른
절벽이 거기 있을 줄
하얀 물새소리 가득한
검푸른 바다가
발아래 펼쳐질 줄
몰랐다

내 나라가 알려준
절벽의 의미
벌판이라는
평지라는 뜻
내 머릿속 지우개로 모두 지운다

세상 모르는 게 너무 많은
일그러진
내 앎을 모두 지운다

넓어진 시간의 땅
-경주에서

코앞의 넓고 낮은 하늘을 품고
모심은 물 찰랑대는 논과
초록이 익어가는 푸른 들판,
높은 빌딩 대신
언덕 같은 능을 만난 날

올려다보지 않아도
찾아다니지 않아도
유적지 아니라도
그저 걷는 것만으로
한없이 평평해진 시간 속으로 들어간다

절 마당처럼 하얗게 비질한
석굴암 가는 길
솔 향기 안으며
새소리 튀어나오는 숲속으로
햇살 찬란한
대낮이 기우니

경주는 그냥
그렇게 넉넉히 남아있는
넓어진 시간이다

여행의 속도

집 앞에 생겨난 고속열차
그 멀고 멀었던
부산에 간다

어린애 소풍 가듯 달뜬
배낭 메고 조잘대니
어느새 부산
지도 한 장 달랑 들고
이기대 해안길을 걷는다

코앞은 낭떠러지 농바위 치마바위
거친 파도 철썩이는 저
멀리 수평선
옆으로 고층빌딩 우뚝하니
아른아른 떠 있는
신기루 같은 도시

아침 일찍 서울서 달려와
눈 시린 바다 가득 안고
노을 지는 해변마저
가슴에 적신 채
다시 서울행

졸음도 머물 새 없이
순식간에 달려온 기차에
감읍하며
길었던 빛나는 하루
내 방 내 이불로 조용히
덮는다

이제 하루 길이로
다 안을 수 있는
내 나라

여주 여행

봄을 숨긴 2월 햇살 받으며
천천히 걷는다

평평한 길 끝 널찍한 언덕에
영릉(英陵)은 고즈넉이 우릴 내려 보고
새로 지어 번쩍이는 커다란 재실 뒤로한 채
왕의 숲길 걷다 보니 또 다른 영릉(寧陵).
호젓한 두 왕릉에서 역사를 읽는다

까만 물새 가득한 여강을 건너
신륵사에 이르니
푸른 물결 옆으로
대웅전 가는 길이 한가하다

부처님보다 구룡루와 다층전탑
그 아래 너른 강물에
마음 훌훌 벗어놓고
기우는 햇살 진 채
도시로 돌아가는 길

썰렁했던 마음 한켠
찰랑이며 조금씩
차오르는
따스한
숨결

3월, 오대산

헐벗은 나무
버석이는 마른 가지
빛바랜 소나무 추위에 떨고
도시의 꽃소식은 언감생심
꼭 닫힌 골짜기

겨우내 켜켜이 얼어버린 계곡
눈까지 하얗게 뒤집어쓴
두터운 얼음장 밑
거기, 그래도
봄이 흐른다

명랑하게 찍히는
물의 발걸음

도시의 천변

폭우가 지나간 개울
사방에서 물고기 퍼덕이고
기웃대던 왜가리
흰 날개 펼쳐 올라
완성되는 옛 그림 한 폭

자전거 달려들자
풍경은 물러나고
걸어오는 사람들 사이
천변을 달리는 자동차 소리에
부서지는 풍경 위로
도시가 내려앉는다

도심을 기웃대는
자연 한 조각

여름 숲을 걸으며

한여름 산행이 힘든 건
나뭇잎 사이 뜨거운 햇볕
울퉁불퉁 가파른 산길뿐 아냐
숲을 가득 채우는 건
열렬히 울어대는 매미, 산새들만이 아냐

눈앞에 아른대는 까만 점들
장님 길 더듬듯
간신히 나아가던
두 손에 잡히고 뭉개져도
다시 떼로 몰려드는 저
날벌레 떼

보일 듯 말 듯 앞길 막는
조그만 것들
휘두르고 휘둘러도
남는 건 내 몸
여기저기 붉은 상흔

한 팔은 긁고 한 팔은 내두르다
마침내
더위도 비탈길도 멈춰선
장대한 폭포소리
나무도, 숲도, 새소리도, 하늘까지
숨죽인 거기
저것들만 쉬지 않고
춤을 춘다

작고 가볍고 까만 저것들이
진짜
여름 숲의 주인

연기암 가는 길
-화엄사에서

새벽
울창한 대숲 뚫고
어둑한 산길을 오른다

한여름 뙤약볕도 겹겹의 능선도
사라져버린 컴컴한 숲길
누군가 함께 도란거리던 대낮엔
시원하고 다정했을 이곳
혼자 걷는 지금
서늘한 두려움만 가득하다

마침내 발 디딘 암자 아래
겹겹의 산봉우리, 빛나는 섬진강
환해진 하늘 보며
가벼워진 작은 가슴
이제야 비로소
활짝
편다

아무렇지 않게 함께한 날들이
내 걸어온 힘이었음을,
어둠 속 혼자 헤쳐 가는 길이
얼마나 캄캄한 공포인지를
깨우친
시간

배롱나무

남도의 여름은
배롱나무 진홍빛으로 익어간다
길가에도, 담 너머 마당에도, 대웅전 옆,
산기슭까지 여기저기
넘실대는 붉은 웃음

백일을 쉬지 않고 흐드러지는
저들 땜에
뙤약볕에 말없이 여물어가는 벼 이삭도
땅 밑에서 굵어가는 고구마들도
지루한 초록의 한낮을
견디어 낸다

저리 오래
지치지 않고
땀과 한숨
다독이며 거둬들이는

선명한
빛깔의 힘

다도해의 발견

여수 순천 벌교 거쳐
마침내 고흥반도
거금도 소록도 적금도 낭도
조금만 높이 올라서도
작은 섬들
점점이 떠 있는 한 폭의
조촐한 바다라는 액자

가슴 뻥 뚫리는
아득한 대양 대신
옹기종기 섬들이 그려내는
아름다운 그림

작은 나라에 살면서도
이제 처음 가 본,
커다란 지구 한구석
이 조그만 귀퉁이
발끝 간신히 서서

난 얼마나 멀리 볼 수 있을까
난 겨우
무얼 알고 있는지

억새의 노래
-제주 따라비 오름에서

가을볕 해맑은
11월 제주,
무심한 말 떼 노니는 목장을 질러
둥근 오름 하나

멀리 보면 단풍도 없는
조그맣고 여린 동산
가쁜 숨 몰아쉬며
정상에 올라서니 드넓은
분화구에 억새가 휘달린다
은빛 갈기를 날리며
우우우 달려가는 저 말들의 행진

억센 바람에
재빨리 고개 숙여
거침없이 달려가는
유연한 힘

높은 한라의 발아래
억새 품은 은빛 바다
계절의 고삐 쥐고
가쁜 숨 몰아대는
마지막 물결

제주, 가을이 가고 있다

3부

일상의 얼굴

명절 1
-설날에

전이며 나물이며 산적이며
아무도 탐하지 않는 음식
애써 가득 차려 놓고
조율이시 홍동백서
형식만 남은 차례상 앞에
엎드려 절하는 게
무슨 의미냐고

새댁 시절 목구멍까지 올라오던
내 불평 이제 아스라하고
차례보다
한 상 가득 음식 앞에
온 가족 모이는 게
진짜 명절 아니냐고

애써 강변하는
내게 쏟아지는
자식들의 불편한 눈길

미안하다
그래도 명절은 명절 아닌가
어색한 웃음으로 엮어보는
설날 가족 풍경

명절 2
-대보름에

열두 가지 나물과 찰진 오곡밥
아침에 일어나 눈 비비며
부럼 깨물어 부스럼 물리치고
거북이 놀음에 들썩이던
보름달 화안한
그 흥성이던 명절은 어디 갔을까

그나마 흔적만 남은
오곡밥과 나물 몇 가지
열심히 차려내도 아들에겐
외면당하는 풀밭에
어머님과 마주하니
간신히 붙든 과거가
희미하게 웃고 있다

옛날은 조금씩이 아니라
어느 날 문득 날아가
오늘 내 기억에
살짝 기웃거릴 뿐

변함없던 둥근 달마저 오늘은
흐린 밤하늘 저편
뿌옇게 숨어
진짜로
아무것도 아닌
그냥 그런 날이
가고 있다

명절의 끝

일을 멈추고 쉬어가자는
그런 날이
누구에겐 엄청난 노동의 시간

부엌과 성묘와 가족이 뒤엉켜
며칠이 흐르고 나면
팔과 무릎과 허리는 드디어
목소리를 내기 시작한다

과로가 잠으로 풀리는 건
젊은이의 진리일 뿐
이제
몸 구석구석 삐걱대는 소리에
잠은 도망가고
낮 동안 마약처럼 통증 위에 덮였던
커피마저 슬그머니 일어나
온갖 기억의 회로를 헤집으니

잠의 꼬리를 잘라내며
뻗어가는
몸의 소리에
어둡고 길게 늘어나는
밤의 시간

늙은
노동의 끝자락

청소년 농악대
-판굿을 보고

인간문화재
마지막 남은 명인의 무대
스러지고
잊혀지는 것이 아파
눈물 난다

밀리고 밀려
한구석에 쭈뼛거리다
전통은 그렇게
슬그머니
사라지는 것이라고…

천만에!
젊은이들의 농악 한마당
나를 깨우는 신명에
아하
저기 저 푸른 상모 돌아가는 곳
생명이 퍼덕이며 날뛰는 곳
저것이 젊은 전통

옛날은 그냥 사라지는 게 아니다

가벼움의 미학

우아한 백조 역의
발레리나 발가락을 보셨나요
사뿐히 뻗은 다리 끝
해지고 망가져 울퉁거리는
엄지발가락이 디디고 선
송곳같은 비상의 이면
가벼워지기 위해
밀고 나간 상처의 흔적

새처럼
날지도 놓지도 못한 채
한 점 땅끝에서
바르르 떠는 안간힘

저 발가락 끝
중력을 버티고 선
뾰족한 고통에서 나오는
가벼움,

발가락의 비상

습관의 힘

눈 뜨면 여섯 시
흐린 머리 흔들어 부엌을 깨우고
생각보다 먼저 움직이는 손
늘 같은 식탁 오전을 채우고
눈 감고도 발은 먼저 지하철역
한 치의 오차도 없는
습관이 만든
시간의 평준화

어제도 오늘도
가고 또 가도
같은 시간 같은 자리

매일이 신기하여 반짝이던 아이 적 눈빛
그 많던 시간 모두
어디로 날아갔을까

일 년을 하루로 모아주는
대단한
힘

오래된 오해

결혼하고 아이 낳으면
저절로 아내 되고 엄마 되고
부엌에 그리 오래 서 있으면
저절로 노련한 주부 되는 줄
알았다

김장마당 배추 더미에 앉아
칼질하다 베인 검지에
어설피 약 바르며
시간이 만들어내는 '저절로'가
여전히 내겐 먼 길임을
그보다 중한 무언가가
빠졌다는 걸

흰 머리 주름 가득해도
여전히 내 것 같지 않은 부엌에서
빛처럼 떠오르는 말

저절로 되는 건 아무것도 없다

또, 불면

습관처럼
오늘도 내게 온
익숙한 손님
가버린 어제와
오지 않은 내일이
오늘을 야금야금 무너뜨리며
찾아오는

양 백 마리도,
어려운 철학책도
소용없어 이제
하얀 알약에 기대
기억을 흩뜨려 본다
무너진 밤의 성
다시
쌓는다

눈가에서 이마로 정수리까지
뻗쳐오르던 생각의
선명하던 흐름
소리 죽어
잦아들기 기다리면

부서지는 건
기억도 생각도 아닌
너덜거리는
몸

1층의 마음

이사 온 일 층 아파트에
가을이 왔다
십 층에서 아름답던 가을 햇살도
이제 살짝 베란다만 기웃대다
재빨리 나가버린다

대낮에 불 켜고 책을 읽다
오늘도 비 오려나
문 열고 나가보면 바깥은 황금빛 대낮,
일층일 뿐인데
아파트 화단과 나란할 뿐인데

지하는 물론 반지하 창틈으로
주거를 저당 잡힌 수많은 삶들
햇빛은커녕 계절의 냄새조차
맡을 수 없는
저들의 막막한 어둠을

조금은 알 것 같은
오늘

몸의 밤

언제부턴가
마음보다
목이 아프고 어깨가 아프고
무릎이 아파
잠을 깨니

아무리 쫓아도
어깨와 무릎과 발가락 사이로
달아난 잠
잡을 수 없다

나이란 그저 쌓이는 시간이 아니라
조금씩 무너져 가는 몸
마음보다 몸을 낱낱이 느껴 가는 것
그렇게 아픔과 친해져 가는 것

생각이 몸으로 덮여
알알이 솟아오르는
기나긴
통증의 밤

죽음의 기억

차가운 수술실에 누웠던 날
주사 하나로 순식간에
암전되던 의식
세상은 일곱 시간이 흘렀다는데
나는 찰나에
캄캄한 공백을 건너왔을 뿐

죽음이 이토록 쉽다면
구태여 이 무거운 삶
끌고 다닐 것 있나

슬픔도 두려움도
아름다움도 추함도
산 자의 넋두리

다시 이어진
생명의 시간 속에서
아우성치는 삶 한 자락
문득 차갑게 잡아주는

죽음의 기억

업보

지나온 걸음
돌아본들
아무것도 바뀌지 않지만
이제야 보이는 것들

생사를 넘나들던 중병 속에서도
씩씩하게 걸어왔던 평생이

갑작스레 쪼그라들고
뼈 아픈 운명의 얼굴로
지금
나를 찌르는 건
천천히 조금씩 틀어진 선택들

갈래길 앞에서
겁없이 성큼 내디뎌 온 이 길
모두 나의 선택

어쩔 수 없던 건
하나도 없었다

어떤 산책

덜 늙은이,
더 늙은이 휠체어 앉히고
산책 나간다
오랜만의 나들이

뿌옇게 흐려진 노안에다
어깨도 찢어지고 무릎도 시큰거려
밤잠마저 설치는데
더 아픈 노인네 신음 앞에
아무 말 할 수 없어
덜컹대는 휠체어 힘껏 밀어대는
며느리 어깨 관절

참 시언-허다!
탄성 지르는 어머니 한마디에
조금씩 늙어든다

칠월 녹음이 황혼 속에 저물어간다

요양병원에서

추석이라고?
명절이면 어김없이
보던 얼굴 잠시 환해진 기억

가끔 잠깐
이리 말개진 내 속 아무도 몰라
여전히 물건인 듯 짐승인 듯 간병인
거친 손아귀 벗어날 길 없어
눈 질끈 감고 분한 맘 거둬 안고

금방이라도 침대 밖으로
내달리고픈 맘
얼기설기 묶어놓은 붕대끈에 막혀
하루 이틀 일 년이 지나면
마침내 설 수도 걸을 수도 없는
앉은뱅이

여긴
저승으로 가는 대합실
너무 오래 기다리는구나

섬망(譫妄)

몸이 묶이자
발버둥 쳐 달아나는 정신

밥은 왜 안 주니
여기서 나가야지
짐을 싸거라 집에 가자
문이 잠겨 나갈 수가 없네

어머니 지금 어디에 계신가요
무엇을 보시나요
여기 이 몸은 누구의
것인가요

죽음에 맞서는 질기디질긴
마지막 몸부림

길고도 높은
죽음의 문턱

4부

관계의 틈새

행복의 실체

청년이 되고 나선
가뭄에 콩 나듯
아주 잠깐 볼 수 있는
귀한 기회

애인처럼 설레는 맘
한껏 차린 아들의 생일상
서로 촛불 끄겠다고
아우성치던 아들들 이젠
케잌 앞의 머쓱한 표정
귀 어둔 할머니 뜻 없이 웃고
아빠는
순간을 잡아 사진 하나 만들고

깔깔거리던 아이들 아득히
사라진 자리
재미없는 농담과 하품으로
간신히 모인
가족이라는 끈
이것마저
그리움 되는 날

행복은 늘
가고 나서야
알게 되는 과거형

또 다른 변신

사랑이란 이름으로
따순 밥을 미끼로
붙들고 붙들어도
서른의 나이만큼 아들은 멀어지고

벌레가 되어버린 잠자(Samsa)처럼
방 안에 숨어 우리를 피한다
가느다란 핸드폰 빛과 쓰레기 가득한 그의 방을
보이지 않게 꼭 닫으며
우리도 그를 보지 않는다
문만 닫으면 그 방이 사라지기라도 하듯

벌레인 척
아무 말도 하지도 듣지도 않는
그의 탈은 우리를 거부하고
우리도 다가가지 못한다

그를 벌레로 만든 건 무엇일까
그를 벌레로 보는 건
누구의 시선일까

침묵과 소통의 기로에서
침묵으로 기울기 시작한
사시의 무게

그마저 침묵의 자장가 따라
무거워진 눈
자꾸 감기려 하네

수다

이제
오랜만의 만남은 정말 오랜만이 되고
할 얘기 그만큼 줄어드는데
짐짓 시간과 명랑을 회복하려
쉴 틈 없이
수많은 말들 허공에 쏟아붓는다

수다가 의미를 만들고
끈끈한 정을 만들어내던
푸른 시간도
이제
다 사라지고
남은 말들의 잔치
허허한 침묵으로 잦아든다

마침내
관계를 향한 마지막 몸부림
그 헛됨을
깨닫는 시간

오빠를 보내며

오랜 병고 끝
이제 편안한가요

가족으로 태어나 각자
살기 바빴던 우리
잘 있는지 별일은 없는지
한두 마디 건네기도 아까워
일 년에 한두 번 데면데면

오래 그렇게 살 줄 알았는데
있는 듯 없는 듯 아주 가끔 얼굴 보며
그래도 가슴 한구석 놓지는 않은 채
아주 늙어버린 어느 날
죽음 또한 무심히 올 줄 알았는데

잔인한 건 시간이 아니라
남보다 못한 우리
말라버린 마음들

조금 일찍 떠난
오빠가 알려준
'우리'의 민낯

해후

50년이라니
깔깔대다 토라져도
매일 붙어 다니던 친구
이유도 없이 먼 길 돌아
아주 아주 먼 과거가
내게 왔다

산골짝 재잘거리던 냇물 이제
그렇고 그런 일상으로 흘러
아픔도 슬픔도 다 가라앉은
묵직한 강물로 만나
희미해진 시간의 퍼즐
이리저리 맞춰 보는
오늘

다행이다
아직 날아가 버리지 않은
기억의 힘
씩씩하게 튀어 오르던
어린 목소리

전생이 이생으로
건너와
환하게 일어난다

아직, 늦지 않은
-영화 '파리로 가는 길'

젊음 아닌 늙음 속에서
나를 읽어주는 사람

한 번도 펼쳐보지 못한
낯선
내 안의 나
일으켜

모래 속 아주 작은
빛까지
세세히 느낄 수 있는
그 맘으로 날
보아주는

그를 만나 나도
반짝이며
다시
깨어나고 싶다

'함께'라는 것

함께 걷는 산길
나란히가 아니라
저만치 거리 둔 채
따로, 함께

봄이 오고 있는 햇살의 느낌도
나무마다 물오르는 작은 속삭임도
빈 나뭇가지 사이 푸른 하늘도
함께하기엔 너무 먼 거리

빠른 걸음 좀 늦춰
기다려주기도 하고
때론 하늘 같이 바라보고
싱거운 말 한마디 웃어도 주고
숲속 고라니에 같이 놀라고

그런 것 아닌가
'함께'라는 건

우린 이제 함께
의미를 잊어가나 보다

대화의 벽

대화는 말이지만
말만이 아니다

솔직한 말
조밀하고 바른 단어
딱 맞는 언어를 써도
눈빛과 가슴 없인
아무 것도 아니다

손잡고 그러안는
몸의 언어가
말의 벽을 뚫고
소리의 쳇바퀴 허물 때

비로소
닫았던 문 열고
요란한 단어들 가볍게 디디며
우린
갈등의 강을 건넌다

비대면의 대화

가슴 속 사랑도
몸을 입어야
비로소 보인다

찬란한 시심도
언어의 껍질 없인
허공에 사라지는 먼지

몸을 만나지 못한 마음
구구절절 만장이라도
뿌리 없이 떠도는
하나의 섬

장롱의 말

당신은 이제 내 눈을 들여다보지도
웃음 흘리지도 않습니다
먼지 낀 채 벽에 기댄
보아도 보이지 않는
오래된 가구

고개가 빠지도록 문 열리기만 기다리다
홀로 문 열어젖혀
흰머리 주름 거느린 채 걸어나와
저는 당신의 세상 건너다봅니다
젊은 날의 열정과 욕망 스러진
어두운 터널 지나 이제
집밖에 세워진 당신의 탑 옆에
저 역시 다른 정원 만들어 봅니다.

방구석 아닌 정원에서
당신을 기다립니다

오래된 부부 1

참는 자가 이기는 것이라
금과옥조 삼으니
사십 년을 무사히

다 큰 아들도 이해 못 하는
무심한 관계
오래된 가구처럼
눈에도 걸리지 않는
그 자리 그 모습

멀리 선 아름다운
가까이 보면 주름만큼
파인 수많은 고랑들

사랑과 기쁨 어디 날아가고
노여움과 섭섭함 넘어
이제 무연히
시간의 흔적만 짚어보는
쓸쓸한 관계

오래된 부부 2

친구도 애인도 핏줄도
아니면서
포기도 체념도 안되는
끈질긴 관계

죽음이 갈라놓기도 전
매일 손톱만큼씩 벌어져
저만치 가로놓인 거리
함께인 순간보다
따로 걷는 시간이 더 많은

그래도 이제
소리쳐 부르면
고만한 거리쯤 지워낼 수 있는
오래된
끈

타인

공감도 이해도 대화도
언감생심
비난만 일삼는
그게 친구라면 벌써 절교했지

함께 시작해도
혼자 내닫고
이제 늘 다른 곳을 보는 사람

같이 걸어온 수십 년 시간도
할퀴는 언어 속에 무너져 가고
따스한 추억도
망각의 강에 흔적 없이 녹아
남은 건 상처 입은 혼자

비로소 알게 된
진짜
타인인데 난
오늘도 그 곁에 산다

결혼기념일

혼자 산 세월보다 함께 한 시간이
훨씬 더 길어
기념이란 말조차 희미해진
오늘

선택은 순간이어도
책임은 영원하다는 걸
세상 모든 일
맘대로 되지 않는다는 걸 평생
일깨워준 시작의 지점
다시 한번 확인하는
날

그래도
아직 반백의 머리 마주 보며
이루기 힘든 '함께'를 꿈꾸고
마음이 만드는
신화 언저리 맴돌며
오늘도 조그만 촛불
밝혀본다

'우리'의 40년

우리가 함께해 이뤄낸
무엇이
여기 남아 있을까
사랑도 미움도 기쁨도
이제
한 줌 모래처럼 흩어져
전생인 듯 흐려진 기억 밖의 세계

두 아이 없었다면 무엇이
우리를 우리이게 했을까
우리 존재의 끈
너희들로 하여
우린 비로소 우리가 되었고
그렇게
'우리'로 남으리라

너희들이 바로
우리다

존재를 잇다
-첫 손자를 품에 안고

아들 둘만도 벅차고 벅찼던 내 옛날 뚫고
기인 침묵 열어젖히며
네 조그만 입이 울음을 터뜨린다

동물이나 미물조차
당연히 가는 길을 이제야 나는
처음 걸어본다
비로소 땅에 발을 디딘 듯
안심이다

작은 손가락 꽉 그러쥐고
꼭 다문 입에 담긴 무수한 이야기
네 작은 손안에
숨어있을 내 언어와 맥박
펼쳐지는 너의 날들 속에
나 언제나 살아있으리

조그만 몸뚱이에 담긴
충만한 시간의 역사
너로 하여 내가 있다

내가 궁금한 건

이제 아무것도 궁금하지 않고
알고 싶은 것도 없고
놀랄 것도 없었는데

명왕성이 왜 사라졌는지
누가 대통령이 될지
옆집 사람이 누군지
새로 나온 책도 영화도
하나도 궁금하지 않았는데

손자가 오늘 새로 시작한 말속에
무엇이 반짝이고 있는지
커다란 눈망울로 무얼 그리 알고 싶은지
얼마나 많이 뛰고
얼마나 다리가 단단해졌는지
뭐가 즐거운 건지
궁금하고 궁금하다!

내 마비된 늪을 뚫고
유일하게 살아
튀어 오르는
탱글탱글한 생명의 감각

말의 걸음마

막 배우기 시작한
아이의 말은
의미가 아니다

무엇을
원해서도 알아서도 아니고
그저 어른을 흉내 내는
즐거운 종알거림
재밌어서
따라 하고 싶어
쏟아내는 소리의
폭죽

내 딱딱하고 메마른 언어가
아이의 입에서 되돌아 나오면
우린 모두
파안대소
걱정 하나 없는 커다란
물결 퍼져 나간다

막 시작한
아이의 말,
기호도 의미도 아니다

오래된 언어 다시
환하게 피워내는
소리의 꽃송이

아이의 시간

한 달마다 보는 아이

몸도 재롱도 말도
쑥쑥 커가는 아이의
놀라운 시간 옆
오늘도 어제같은
어른의 시간
참 보잘 것 없다

아이가 크는 만큼
자꾸만 작아지는

아이의 하루만도 못한
내 기나긴 늙음의 날들

5부

바이러스의 시간

보이지 않는 침략

온 나라가 공포에 잠겼다
흔하디흔한 기침조차
악으로 선포하는
세상

마스크 쓴 사람들 서로 외면하고
화면 속 신문 속 늘어나는 숫자에 촉각 세운
나약한 인간들의 삼엄한 경계
불어나는 기사 밑엔
적대로 얼룩진 욕설의 민낯
두려움은 스멀스멀 불안으로 번지고

거침없이 달려 나가 날아오르던
인간들
다시
방 안에 쭈그린
짐승이 된다

허약한 우리 실체
까발리는
보이지 않는 것의 힘

삼시 세끼
-바이러스의 시간

하루는 세 번의 끼니로
이뤄진다

친구도 모임도 직장도
사라진 집안에 틀어박혀
온 식구 식탁에 앉아
이렇게 세 번 얼굴 마주하고
하루 세 번 부엌에서 반찬 하나씩
도모하는 것

나물도 고기도 멸치볶음도 샐러드도,
미역국 된장국 콩나물국도
필수과목 열무김치까지
아무리 만들고 만들어도
하루 세 번에는 당해낼 재간이 없다

읽고 생각하고 쓰기에
세 끼는
너무 가깝고
너무 많다

새로 온 세상

모든 사람은 각자 저만치 있고
먼 과거가 되어버린
함께하는 식탁

우리 이야기는
깜빡이는 커서(cursor)에 막혀
짐짓 할 말을 잃는다

세상은 갑자기 변하는 게 아니고
시간은 도둑처럼 슬그머니 오는 거라고
그게 참인 줄 알았는데

거북이처럼 천천히 머리 빼어 보니
어제는 한바탕 꿈이 되고
갑작스레 와버린
낯선 세상

느닷없이 달려든
어제와 너무 다른
오늘

발견

잠깐이라고 위로하며
얼굴 절반을 가린 마스크
만남이야 조금만 미루자고
다독이던 날들

모든 게 임시일 뿐
일상은 곧 올 거라
굳게 믿었는데
길어지는 순간,
멀어지는 별 사이
문득

곁에 있어도 보이지 않았던
그의 얼굴
생전 처음
자세하고도 깊숙이
바라본다

거기에
그는 그렇게
있었다

기다림

막 오르길 기다리는
무대 뒤 배우처럼
초조하게 서성이는
바이러스의 시간

날 가고 달 가고
몇 번의 해가 바뀌도록
무대는 열리지 않아
분장은 지워지고 대사는 잊혀져
시들고 말라버린
강

막은 버얼써 올라
지금 무대 뒤가 아니라
새로운 무대라는 걸
강은 말라 사라져가는 게 아니라
다른 쪽으로 방향 돌려
흐르는 중이라는 걸

이제
기다림 앞에 보이는
새롭고 낯선 풍경

마침내

목이 따끔따끔
몸살 기운에 혹시나
이 약 저 약 털어 넣고
괜찮다 다독이며
무진 애쓰다가

한 식구 확진 받아
저쪽 방에 누워버리니
좀 덜 아픈 몸 일으켜
각자 방으로 세끼 밥 나르고
마트로 은행으로
이리 뛰고 저리 뛰고
차마 눕지 못한 내게 쏟아진
짐

꼼짝없이 누워버릴 최후의 순간까지
무거운 짐 들어
결국
내 어깨에 올려놓고
종점으로 치닫는
코로나의 마지막 질주

종점

이게 마지막이라 되뇌며
다 지나가리라 다독였건만
종점은 늘 다음 지점을 향한 출발일 뿐
끝은 골목을 돌아 다시 이어질 뿐

끝났다고 호언하는 소문들 속에
보이지 않는 바이러스 가만히 살아
여전히 끝일 수 없게 하는
이 징한 날들

한방에 때려눕히지도 않은 채
조용히 자근자근 밟아대며
이 사람 저 사람 옮겨다니다
마침내 내게 기어들어온
지금, 이곳이
부디 종점이기를

행복한 격리

바이러스 끌어안고
짐 싸들고 나온 집
사거리 두 번 건너
집이 바로 저긴데
여긴 별천지

세끼 걱정 없이 침대와 책상과 TV만
마주한 채
유유히 흘러가는 시간

책 한 권, 드라마 한 편
창밖은 금세 캄캄해지고
약 기운에 몽롱해진 눈 감으면
어느새 또 다른 하루

내 집에선 꿈도 못 꿨던,
뜻밖의
휴식

아름다운 침략

보이지 않는 것들에게
속수무책 무너진 인간 앞에
저것들은 하늘하늘
철없는 웃음 흘리며 다가온다

마스크에 막혀
시원하게 웃지도 못하는
인간들 발치부터 머리 위까지
노랗고 붉은 얼굴 살랑대며
조잘조잘 들어오는
무구한 물결

멀리서 손만 흔들어대는
따로따로 인간들의
썰렁한 틈으로
사회적 거리도 어긴 채
잽싸게 파고드는
꽃들의 파안대소

살그머니
어느새 요새 뚫고
푸름으로 달려가는
진격의 저들

일상을 품은
시간의 주름

-김현실 시집에 붙여

황도경(문학평론가)

일상을 품은 시간의 주름

황도경(문학평론가)

1.

몇 년 전 앨범에서 대학원 시절의 오래된 사진 하나를 발견했다. 무슨 날이었는지, 무슨 좋은 일이 있었는지도 알 수 없는, 오래전 어느 날의 사진이었다. 사진 속에는 지금은 아득하기만 한 얼굴들이, 조신하게 쫑쫑쫑 모여 있었다. 새해를 맞아 대학원 학생과 교수님들이 첫인사를 나누는 자리였을까, 사은회 같은 날이었을까. 젊고 앳된 얼굴들이 저마다 나름 멋지게 옷을 차려입고 단정하게 앉아있었다. 교수님이 무슨 인사말이라도 하는 것인지, 모두는 단정하게 손을 모으고 사진 바깥의 어딘가를 바라보고 있었다.

삼십여 년 전의 그 얼굴들은 익숙하고도 낯설었다. 누군가는 결혼을 해서 장성한 아이를 둔 중년의 여성이 되었을 테고, 누군가는 시인으로 평론가로 바쁜 인생을 살고 있을 테고, 누군가는 멋쟁이 교수가 되어있을 터였다. 이들은 지금 어디에서 어떤 삶을 살아가고 있을까.

그동안 어떤 눈물과 좌절과 상처를 통해 어떤 성취를 이루어냈을까. 젊은 그들은 지금 어떤 세월을 지나고 있을까. 그때의 나는 어디에 있었을까. 이들과 얼마나 가까이 혹은 멀리, 얼마나 다정하게 혹은 끈끈하게 자리하고 있었을까. 누군가는 사랑은 가고 옛날은 남는 거라고 노래했지만, 내 경우에는 옛날은 가고 사진만 남아 있었다.

그런데 그 사진에서 특히 시선을 끌었던 것은 김현실 선생님의 모습이었다. 웬일인지 선생님은 꽃분홍 저고리에 청록색 한복 치마를 곱게 차려입고 새색시처럼 앉아 있었다. 어쩌면 혼자서만 그날 그 행사에 맞춤한 의상을 입은 것이었는지도 모르겠지만, 다들 원피스나 투피스 정장을 입고 있는 자리에서 혼자 차려입은 한복은 단연코 두드러지고(?) 빛났다. 그 사진을 본 김현실 선생님이 '나는 웬 한복을 다 차려입었다니', 쑥스러워했지만, 옆에서 우리는 '왜 이렇게 다들 촌스럽대요?', '왜 이렇게 조신한 모습이래요?' 같이 쑥스러워했지만, 그때 쑥스러움보다 더했던 건 어쩌면 지나간 시간이 불러온 아쉬움이나 안타까움 같은 감정들이었을지 모르겠다. 한복보다 더 눈에 들어왔던 것은 우리들의 젊은 얼굴이었기 때문이다.

그때의 우리와 지금의 우리 사이에서, 그 사이의 시간들을 통과해온 힘겨웠던 기억들에 대해서, 우리가 잃어버린 것과 얻어낸 것들에 대해서, 그때는 몰랐던 것들과 지금은 알게 된 것들에 대해서, 떠나간 인연과 새로 생긴 인연에 대해서, 푸른 젊음과 회색빛 노년에 대해서, 우리는 할 말이 많았다. 그 말들은 우리 안에서 조금씩 자라고, 조금씩 부풀어 오르고, 가끔씩 터져 나온다. 그것은 쓸쓸한 일인가, 반가운 일인가, 놀라운 일인가.

2.

김현실 선생님은 새 시집에서 '그때'와 '지금' 사이에 놓인 몸의 거리와 마음의 거리를 이야기한다. 홍조 띤 젊은 얼굴, 언제든 어디로든 내달릴 수 있을 것 같던 건강한 몸, 푸른 꿈과 설레는 희망으로 발을 내디뎠던 순간들, 사랑의 눈길에 가슴 벅차올랐던 날들, 빠른 걸음 늦추어 기다려주던 이와 함께 하늘을 바라보던 추억, 두 아들을 가슴에 안았던 벅찬 기억… 하지만 이건 다 '그때' 일이다.

'그때' 그녀는 아무것도 알지 못했다. 빠르게 내달리던 다리도 삐걱거리게 되고, 곧추세우고 걸었던 허리도 무게에 떠밀려 무너지게 되고, 푸른 꿈이 순간 회색빛 절망으로 추락하기도 하고, 곁에서 함께 걷는 사람은 사라지고, 충만한 기쁨이었던 아이들도 아픔이 될 수 있다는 것을. 선택은 순간이어도 책임은 영원하다는 걸 몰랐고, 사랑도 시간에 따라 기우는 달처럼 그 모습이 바뀌는 것이라는 것을 몰랐다.

'이제' 보이는 것은 온통 '그때'와는 다른 노년의 풍경뿐이다. 시큰거리는 무릎을 침에 맡기고 누워 있거나, 노안으로 뿌옇게 흐려진 눈을 비비며 책을 읽거나, "양 백 마리도 / 어려운 철학책도 / 소용없어"(「또, 불면」) 불면으로 밤을 새우거나, 차가운 수술실 위에 누워 있다 깨어나 다시 이어진 삶의 한 자락을 차갑게 잡아주는 죽음의 기억을 떠올리거나, 찢어진 어깨 통증에 시달리면서도 더 늙은 시어머니를 휠체어에 태우고 산책을 나가 더 아픈 노인네 신음 앞에서 할 말을 잊고 "덜컹대는 휠체어 힘껏 밀어대는 / 며느리 어깨 관절"이 "참 시언-허다!"는 어머니 한 마디에 조금 녹어들거나(「어떤 산책」), 섬망에 든 어머니의 병상 곁에서 "어머니 지금 어디에 계신가요 / 무엇을 보시나요 / 여기 이 몸은 누구의 / 것인가요" 속삭이는 것이(「섬망」) '지금'의 풍경들이다.

하지만 정녕 아픈 건 몸인가 마음인가. 모두들 새 신화를 꿈꾸는 1월에도 "누렇게 바래가는 시간"(「1월의 끝에서」)을 보고, 벚꽃 흩날리는 봄날에 "노는 것도 일이 되자 / 봄은 조금씩 멀어지고 / 꽃은 흐릿해져" 간다고, 늙고 피곤한 몸 그러안고 밤마다 "몸인가 맘인가" 묻는다고(「고단한 봄」) 고백할 때, 푸른 여름 앞에서도 "땀 흘리는 노동과 습기 찬 시간들 / 뜨거운 태양과 폭우마저 / 열매를 위한 시련이라 / 찬양했던 건 / 젊음의 시선"일 뿐이라고, "가을이 와도 열매 맺지 못하는 늙은 나무에게 / 여름을 건너는 건 잔인한 일"(「늙은 나무의 꿈」)이라고 푸념할 때, 그녀는 몸보다 맘이 더 아픈 사람인 것 같다.

돌아보면 "결혼하고 아이 낳으면 / 저절로 아내 되고 엄마 되고 / 부엌에 오래 서 있으면 / 저절로 노련한 주부 되는 줄"(「오래된 오해」) 알았던 것도, 여러 번 넘어져도 "다 넘어설 줄 알았"던 것도 '오래된 오해'였다. 이제야 저절로 이루어지는 건 아무것도 없다는 걸, 넘어지고 일어나도 다시 넘어지는 일이 기다리고 있는 법이니 넘어지면 그저 일어나 다시 걸어야 한다는 걸, 그렇게 새해가 오는 거라는 걸(「이제야」) 깨닫는다. 가슴 절절했던 사이도 "노여움과 섭섭함 넘어 / 이제 무연히 / 시간의 흔적만 짚어보는 / 쓸쓸한 관계"가 되고 만다는 것을 (「오래된 부부1」), 애인처럼 설레는 마음으로 바라보았던 아들도 "사랑이란 이름으로 / 따순 밥을 미끼로 / 붙들고 붙들어도"(「또 다른 변신」) 타인처럼 멀어진다는 것을 깨닫는 것은 서글픈 일이다.

3.

며느리이자 시어머니이고 아내이자 어머니인 여성에게 일상을 함께 하는 가족은 어떤 의미가 있을까. 늙은 몸의 여성이 더 늙은 몸의 여성을 건사한다는 것은 어떤 심경일까. 문득문득 '가족이라는 이름의 타인'을 확인하는 것은 얼마나 쓸쓸한 일이며, 멀어진 자식과 어색한 웃음으로 엮어보는 명절의 풍경은 또 얼마나 스산한가. "어설픈 부엌과 / 더 어설픈 책상 사이 / 엉거주춤 비틀댄 채 / 사방의 눈치 보며"시간만 노려보는(「이제야」)
자신을, "먼지 낀 채 벽에 기댄 / 보아도 보이지 않는 /
오래된 가구"가 되어버린 자신을(「장롱의 말」) 확인하는
것은 얼마나 서늘한 일인가.

　포기도 체념도 안 되는, 따로 걷는 시간이 많아진, "함
께 시작해도 / 혼자 내닫고 / 이제 늘 다른 곳을 보는
사람"이 되어버린(「타인」), 오래된 부부의 모습은 또 얼
마나 쓸쓸하며, 꽃샘추위의 매운맛에 통증이 살아나 오
히려 생명의 감각을 느끼게 된다는 고백이나, 코로나로
격리가 된 시간이 오히려 "세 끼 걱정 없이 침대와 책상
과 TV만 / 마주한 채 / 유유히 흘러가는 시간"이 되었
다는 고백은(「행복한 격리」) 얼마나 아이러니한가.

　나는 어여쁘고 총명하고 당차고 자신감 넘치던 젊은
김현실 선생님을 안다. 세상에 대한 호기심과 열정이 넘
쳤고, 늦게 생긴 아이로 전전긍긍하면서도 배우는 일
도 가르치는 일도 똑부러지게 해내던, 말 많고 웃음 많
고 친구 많은 선생님을 안다. 오랜 세월 시어머니를 봉
양하며 삼시세끼를 챙기고 남편보다 시어머니가 편하
다고 말하는 며느리로서의 선생님을 알고, 시누이를 꼭
'시누님'이라고 부르고 어릴 적부터 키운 조카를 누구보
다 사랑 많은 사람이라고 자랑하는 선생님을 안다. 나
는 큰 병에 걸려 수술을 하게 되어 사경을 헤매게 되었
던 선생님을, 절망스럽고 고통스러웠던 시간을 건넜던
선생님을 안다.

　수술 후에도 선생님은 항상 바쁘고 씩씩했다. 탄천을

걷고, 산을 오르고, 운동을 하고, 글을 읽고, 판소리를 배우러 다니고, 강의를 했다. 나는 선생님의 시가 그 씩씩한 얼굴 뒤에 감춰져 있던 그녀의 물기 어린 시간들을 드러낸다고 말한 바 있다. 그 시간 속 어디쯤에선가 새어 나왔을 신음이, 늙어가는 몸 추스르며 내쉬었을 한숨이, 밥과 반찬과 설거지 사이에서의 소란이, 시어머니와 남편과 아들 사이에서의 하루하루가 시가 되었을 것이라고. 그의 외출이, 판소리 가락이, 시가, 다 그를 살리게 하는 '소심한 일탈'이었을 것이라고. 그때의 말은 지금도 유효하다.

그러니 뉴질랜드, 뮌헨, 아이슬란드, 경주, 부산, 제주로의 여행길에서든, 시제를 지내러 간 길에 어른들에 대한 그리움이나 슬픔에 젖는 대신 넉넉한 벌판에 마음을 빼앗기고 오는 영산강에서든, 가볍게 걷는 안산 자락 길에서든 집 옆의 천변 자락에서든, 그 작은 일탈이 숨을, 시를 만들었을 것이다. 그러니, "휘청대며 쓰러질 듯 / 말라가는 시간이"(「10월이…」) 다가오고 있더라도, 그 숨의 힘으로 씩씩하게 살아가시길. 발가락 끝으로 중력의 힘을 버티고 선 새가 그 "뾰족한 고통에서 나오는 / 가벼움"으로 비상을 하듯(「가벼움의 미학」), 가볍게 날아오르시기를.